Les aventures de Sam Chicotte

Les baleines des Îles-de-la-Madeleine

D1157475

Catalogage avant publication de Bibliothèque et Archives nationales du Québec
et Bibliothèque et Archives Canada

Canciani, Katia, 1971-

Les baleines des Îles-de-la-Madeleine

(Les aventures de Sam Chicotte)
Pour enfants de 6 à 9 ans.

ISBN 978-2-89579-405-9

I. Sévigny, Christine. II. Vinciarelli, José. III. Titre.

PS8605.A57B34 2011   jC843'.6   C2011-940601-2
PS9605.A57B34 2011

Dépôt légal – Bibliothèque et Archives nationales du Québec, 2011
Bibliothèque et Archives Canada, 2011

Direction : Carole Tremblay
Révision : Sophie Sainte-Marie
Mise en pages et couverture : Studio C1C4
Illustration de la couverture : José Vinciarelli

© Bayard Canada Livres inc. 2011

Les personnages et l'univers imaginaire de ce livre sont inspirés de l'émission *Sam Chicotte*,
une série télévisuelle produite par Point de Mire, d'après une idée originale de Nathalie
Champagne et Pascale Cusson.

Nous reconnaissons l'aide financière du gouvernement du Canada par l'entremise du Fonds du
livre du Canada (FLC) pour des activités de développement de notre entreprise.

 Conseil des Arts   Canada Council
du Canada   for the Arts

Bayard Canada Livres inc. remercie le Conseil des Arts du Canada du soutien accordé à son
programme d'édition dans le cadre du Programme des subventions globales aux éditeurs.

Cet ouvrage a été publié avec le soutien de la SODEC. Gouvernement du Québec – Programme
de crédit d'impôt pour l'édition de livres – Gestion SODEC.

 Bayard Canada Livres
4475, rue Frontenac, Montréal (Québec) H2H 2S2
Téléphone : 514 844-2111 – 1 866 844-2111
edition@bayardcanada.com
bayardlivres.ca

Imprimé au Canada

Les aventures de Sam Chicotte
Les baleines des Îles-de-la-Madeleine

Une histoire écrite par Katia Canciani
et illustrée par José Vinciarelli et Christine Sévigny

D'après les personnages de la série télévisée *Sam Chicotte*

Sam Chicotte a huit ans. Il vit avec ses parents et son grand frère dans la maison que leur a léguée la vieille tante Chicotte. C'est en emménageant dans sa nouvelle chambre que Sam a fait la rencontre d'Edgar, un jeune fantôme. Sam est le seul à voir et à entendre Edgar. Mais leur voisine, madame Kelleur, sait qu'il existe. Cette vieille chipie n'a d'ailleurs qu'un seul but : se débarrasser du fantôme. Heureusement, Sam veille sur lui. Pour l'aider, il peut compter sur Alice, son amie et complice. Même si elle ne peut pas voir Edgar, Alice est prête à tout pour le protéger. Ensemble, les trois amis vivent chaque jour de nouvelles aventures plus trépidantes les unes que les autres !

Chapitre 1

Sam observe ce qui se passe dans la rue avec ses jumelles. De sa chambre, dans le grenier de sa maison, on voit beaucoup de choses. Le voisin d'en face racle son terrain. Une moto s'arrête à l'intersection. Un chien se balade en reniflant tous les parterres. Sam aperçoit aussi Alice, sa complice. Elle se promène à trottinette.

Edgar, le fantôme qui partage la chambre avec Sam, est couché sur le lit. Il demande :

— Alors, qu'est-ce qui se passe ?

— Rien de spécial, répond Sam.

Soudain, son amie s'immobilise. Son regard est tourné vers la maison de madame Kelleur.

Alice fronce les sourcils. C'est bizarre ! Elle court ensuite chez Sam.

— Edgar, dit Sam, je crois qu'il se passe quelque chose !

La sonnerie de la porte retentit. Sam et Edgar descendent l'escalier en vitesse. Personne ne peut voir ni entendre Edgar, sauf Sam. Alice sait qu'il existe, car Sam le lui a dit. Et madame Kelleur, la voisine, le sait aussi. En fait, les enfants ignorent pourquoi, mais madame Kelleur aimerait qu'Edgar disparaisse pour toujours… D'ailleurs, elle ne pense qu'à ça !

Alice est un peu essoufflée. Elle raconte :

— C'est madame Kelleur…

— Qu'est-ce qu'elle a ? demande Sam.

— Est-ce qu'Edgar est avec toi ? s'inquiète son amie.

Le fantôme hausse les épaules. Quelle question !

— Bien sûr ! dit Sam.

Alice explique :

— Madame Kelleur écoutait la télé et, tout à coup, elle s'est mise à sauter de joie.

Edgar déclare :

— Punaise ! C'est mauvais signe…

Sam est intrigué :

— Qu'est-ce qu'elle a pu voir de si formidable à la télé ?

— Formidable pour elle, grommelle Edgar. Sûrement pas pour moi !

— Si on allait regarder ? propose Alice.

Debout dans le salon, les enfants ont les yeux rivés sur l'écran de télévision. Un journaliste commente :

— *Ce matin, des baleines se sont échouées aux Îles-de-la-Madeleine. Deux globicéphales ont été retrouvés sur la plage. On craint que d'autres ne tentent de les suivre.*

— Pensez-vous que c'est ça qui intéresse madame Kelleur? demande Sam.

— *Le globicéphale noir de l'Atlantique Nord réside dans le golfe du Saint-Laurent en été. Au Québec, sa population est estimée à 1600 individus. Un échouage collectif s'était produit en 1920.*

À l'écran, on peut voir une baleine noire, longue comme trois tables de cuisine, entourée de pêcheurs, de passants et de chercheurs. Tous semblent catastrophés.

— Comment elle a réussi à aller si loin hors de l'eau? se questionne Sam.

La baleine se trouve en effet à plusieurs mètres de la mer.

— La baleine s'est échouée sur le sable, puis la marée est redescendue, suppose Alice.

Edgar frissonne. Il dit à Sam :

— Je crois que je sais ce que veut…

Mais il n'a pas le temps de terminer sa phrase : madame Kelleur sonne à la porte. Isabelle, la mère de Sam, va ouvrir. Sam, Alice et Edgar tendent l'oreille.

— Bonjour ! Je vous dérange, chère ?

— J'étais dans mon atelier, répond Isabelle.

— Auriez-vous une valise à me prêter ?

— Bien sûr. Partez-vous en voyage ?

— Juste quelques jours… Je prends l'avion demain matin.

— Chanceuse ! Les garçons n'ont pas d'école demain. Je n'ai même pas encore pensé à ce qu'on va faire durant cette longue fin de semaine. François doit travailler.

François est le père de Sam. Il est ambulancier.

Madame Kelleur ne se préoccupe pas de ce qu'Isabelle lui raconte. Elle redemande :

— Et cette valise ?

Tandis qu'Isabelle va chercher la valise, madame Kelleur trépigne d'impatience. C'est à peine si elle remercie la mère de Sam en partant.

Edgar est affolé. Il explique :

— Il y a un proverbe qui dit : « Dernier souffle de baleine et premier… quelque chose… redonne vigueur aux sorcières affaiblies. »

Sam répète à Alice les paroles de son ami. Elle n'en croit pas ses oreilles :

— Quoi ? Madame Kelleur pourrait retrouver ses pouvoirs !

Sam tente de garder son sang-froid.

— Edgar, réfléchis… Premier… premier quoi ? insiste-t-il.

— Punaise de fraises irlandaises, je ne m'en souviens plus ! se lamente Edgar.

— Pas de panique ! dit Sam.

— Allons espionner madame Kelleur, suggère Alice.

Dehors, sous la fenêtre ouverte, les enfants essaient d'entendre ce que marmonne leur voisine.

— Petit fantôme de malheur… capter dans ma fiole… souffle de baleine…

— C'est ça ! Elle va aux Îles ! chuchote Sam.

Laurent, le grand frère de Sam, arrive en scooter. Il les interpelle :

— Qu'est-ce que vous faites là ?

Alice cueille une fleur en vitesse. Elle répond :

— On ramasse des pissenlits pour ma mère…

Madame Kelleur referme aussitôt sa fenêtre dans un grand claquement.

LES DIFFÉRENCES

Trouve les 7 différences entre ces deux dessins.

Chapitre 2

Les trois amis se réfugient dans leur cabane dans l'arbre.

— Qu'est-ce qu'on va faire ? demande Sam.

— C'est où, les Îles-de-la-Madeleine ? enchaîne Edgar.

Sam pose la question à Alice.

— Je ne le sais pas, admet-elle.

Elle se dirige vers le globe terrestre. Sam s'empare de l'atlas.

— Les Îles-de-la-Madeleine, c'est au Québec, dans le golfe du Saint-Laurent, déclare Alice.

Sam et Edgar étudient la carte.

— On peut y aller en bateau, constate le petit fantôme en grimaçant.

Il n'aime pas l'idée de prendre le bateau.

— Un bateau, c'est lent, dit Sam. Madame Kelleur sera déjà arrivée…

— Il faut y aller en avion, conclut Alice.

Edgar aime encore moins l'idée de prendre l'avion. En réalité, il préfère ne pas s'éloigner de la maison.

— Et si on essayait d'arrêter la vieille autruche avant qu'elle se rende là-bas ? suggère le fantôme.

— Comment ? demande Sam.

Sam, Alice et Edgar ont beau réfléchir, aucune idée ne leur vient à l'esprit.

— Une seule personne peut nous aider, s'exclame Edgar. Monsieur Legrand !

Edgar en a déjà parlé à Sam. Monsieur Legrand était l'ami de la tante Chicotte. Il est notaire. C'est lui qui s'est occupé des papiers de l'héritage lors du décès de la tante Chicotte. Il possède certains pouvoirs, dont celui de voir Edgar. Lorsqu'il rendait visite à sa vieille amie, il aimait ébouriffer les cheveux du fantôme. Sam résume à Alice ce qu'il sait.

— Au passage secret ! annonce Edgar.

— Un passage secret ? répètent Sam et Alice, étonnés.

Les enfants se retrouvent au sous-sol de la maison.

— Le passage mène au bureau du notaire, explique Edgar.

Sam aide Edgar à déplacer un vieux miroir sur pied. Derrière, il y a une étrange petite porte. Edgar place ses deux mains dessus. La porte disparaît aussitôt. Alice est nerveuse.

— Ne t'inquiète pas ! la réconforte Sam.

Les enfants pénètrent dans le corridor devant eux.

— En avant ! Vers la lumière ! dit Edgar.

Alice prend la main de Sam. Elle n'aime pas cette obscurité. Edgar entre en premier. Ils ont 321 pas à faire. Au loin, une faible lueur guide leur chemin. De temps en temps, la lumière s'éteint et se rallume. Cela n'inspire pas du tout confiance à Alice.

Le couloir débouche sur une ouverture grillagée, située au-dessus de la tête des enfants. Sam constate qu'ils sont sous le bureau de monsieur Legrand.

Le notaire discute avec un couple. Edgar attire son attention en tirant sur sa pantoufle en laine. D'abord, monsieur Legrand secoue le pied, puis il comprend qu'Edgar est là. Il met rapidement fin à la conversation avec ses clients.

Dès qu'Edgar entend les gens repartir, il soulève la grille. Il se hisse dans le bureau, suivi de ses complices.

Monsieur Legrand est vraiment très, très petit. Sa toge noire frôle le plancher. Ses pantoufles jaunes, tricotées à la main, en dépassent de temps à autre. Lorsqu'il tend le bras pour passer sa main dans les cheveux d'Edgar, ses boutons de manchette étincellent à la lumière.

Sam murmure à Alice :

— Ces boutons ressemblent…

— … à la broche de la tante Chicotte sur le tableau dans ta cuisine ! termine-t-elle.

Les garçons présentent la situation à monsieur Legrand. Des plis se dessinent sur le front du notaire. Il frappe du poing sur son immense bureau en chêne.

— Ah ! cette détestable Kelleur ! Quand je pense qu'elle souhaite la mort d'une baleine. Mon adorable Éléonore en aurait été révoltée !

Éléonore, c'était le prénom de la tante Chicotte.

— Il faut empêcher madame Kelleur de se rendre aux Îles, l'implore Edgar.

— J'ai bien peur que ce ne soit pas en mon pouvoir, mes enfants… Mais je peux vous envoyer là-bas… Ce sera alors à vous de jouer !

Monsieur Legrand consulte l'horaire des vols sur Internet.

— Il ne reste plus de place sur le vol de 9 heures…

Le notaire est soucieux. Pour mieux réfléchir, il se dirige vers son étagère à pantoufles. Il en caresse une du doigt.

— Cette paire-là, c'est Éléonore qui me l'a tricotée lors d'un voyage aux Îles-de-la-Madeleine… soupire-t-il.

La paire de pantoufles est pareille à toutes les autres, sauf qu'elle est orange. D'un orange aussi flamboyant qu'un coucher de soleil. Sam et Alice ont de la difficulté à retenir leur fou rire. Jamais ils n'ont vu de collection de pantoufles en laine. Il doit y en avoir une centaine !

— Retournez chez vous, dit le notaire en interrompant sa rêverie. Je vous ferai signe.

L'AÉROPORT

L'aéroport des Îles-de-la-Madeleine
est situé aux coordonnées F-8.
Sur quelle île l'avion de Sam et ses amis se posera-t-il?

25

Chapitre 3

De retour chez Sam, les amis regardent la télévision. Aucune nouvelle baleine ne s'est échouée. Les chercheurs sont toutefois sur leurs gardes. D'autres globicéphales sont beaucoup trop près du rivage.

— On n'y arrivera jamais… se désespère Edgar.

Alice ajoute :

— Je ne vois vraiment pas comment monsieur Legrand pourrait trouver une solution à notre problème…

Sam bâille. Il est fatigué.

Isabelle entre dans le salon :

— Mon trésor, c'est l'heure d'aller au lit.

Alice se lève. Elle s'apprête à franchir la porte lorsque sa mère, Julie, arrive.

— Oui, maman, je partais, annonce Alice.

Julie tend un livre à Isabelle.

— Allô, Isabelle ! Voici l'excellent roman policier que j'avais promis de te prêter. Tiens, Alice, je viens juste de recevoir ça pour toi, par messagerie. C'est curieux... à cette heure-ci !

Sam et Edgar se dévisagent. Alice ouvre la grande enveloppe. À l'intérieur, elle trouve une lettre lui indiquant qu'elle a été choisie comme représentante du Club des petits journalistes. On lui demande d'aller écrire un article sur l'échouage des baleines aux Îles-de-la-Madeleine. Il sera publié dans le journal *Terre des jeunes*.

Sa mère est surprise :

— Tu es dans un club de journalistes ?

Alice réfléchit.

— Eh bien... J'écris la chronique de la classe dans le journal de l'école...

Edgar fait un clin d'œil à Sam. Il murmure :

— Pas de doute, saperlotte ! C'est monsieur Legrand qui a arrangé ça !

Il est prévu qu'Alice voyage avec deux accompagnateurs. Une accréditation de journaliste, trois billets d'avion et une réservation d'une nuit dans un gîte sont joints à la lettre.

— C'est quand, le départ ? demande Edgar.

Sam prend un billet et lit à voix haute :

— Départ vendredi à 14 h 20. Arrivée aux Îles à 17 h 42.

Julie soupire :

— Désolée, ma cocotte, mais une de mes amies se marie samedi. On ne pourra pas y aller.

Alice implore sa mère :

— S'il te plaît, ma maman chérie...

Sam intervient :

— Alice ne peut pas rater cette chance-là. Elle est super bonne en écriture ! Peut-être... Peut-être qu'on pourrait y aller avec elle ?

— On ? Qui ça, « on » ? demande Isabelle.

— Toi et moi... répond Sam.

Julie se gratte la tête :

— Ça te tenterait, Isabelle ?

Isabelle sourit.

— C'est sûr que… les Îles-de-la-Madeleine ! En plus, François travaille toute la fin de semaine… Et je viens de donner la permission à Laurent d'aller au chalet de son copain…

Des cris de joie accueillent ce revirement de situation. Alice et Sam se tapent dans les mains, puis lèvent leurs pouces en l'air.

Edgar, lui, n'a pas le cœur à la fête. Il a une mission importante à accomplir tous les jours à 17 heures.

— Je ne veux pas y aller, annonce-t-il à Sam lorsqu'ils montent se coucher.

— Tu es le seul qui puisse se rappeler de la formule. Il faut que tu viennes !

— D'accord, soupire Edgar, mais je dois apporter mon sac de voyage. Et jure-moi que tu ne regarderas pas dedans.

— Juré ! dit Sam.

LA VALISE D'ALICE

Regarde la liste et compare-la au contenu de la valise.
Que manque-t-il dans la valise d'Alice ?

- ❑ Brosse à dents
- ❑ Dentifrice
- ❑ Brosse à cheveux
- ❑ Chaussettes
- ❑ Pyjama
- ❑ Jumelles
- ❑ Crayon
- ❑ Imperméable

Chapitre 4

Le lendemain, dans l'avion, Sam est assis près du hublot. À ses côtés, Edgar a très peur. Il tient fermement son sac de voyage sur ses genoux. Alice et Isabelle sont installées juste en avant d'eux.

— Edgar, chuchote Sam, il faudrait que tu essaies de te souvenir du proverbe en entier : « Dernier souffle de baleine et premier… » Premier quoi ? Ça nous aiderait à te protéger.

Tout au long du vol, les deux amis tentent de terminer la phrase. Edgar pense que c'était une rime en i. Sam ne manque pas d'idées. Au bout d'un moment, il réussit même à faire rire son ami à force d'inventer des rimes farfelues : premier… pissenlit, pied de céleri, poil d'okapi, pet de chauve-souris…

Il commence à être tard lorsqu'ils arrivent enfin au gîte. Affamés, ils déposent leurs valises dans la chambre et filent au restaurant. La salle à manger a une superbe vue sur la mer.

— Êtes-vous ici pour les baleines ? claironne la serveuse.

— Oui, répond Alice le plus sérieusement qu'elle peut. Je fais partie du Club des petits journalistes. Je dois écrire un article sur le sujet.

Alice et Sam échangent un regard complice. La serveuse remplit leur verre d'eau, puis elle ajoute :

— Les bateaux vont rentrer au port tout à l'heure. Ils tentent bien de barrer le chemin vers la plage aux baleines, mais ils ne peuvent pas travailler la nuit.

— Pourquoi ? demande Sam.

— Ils ne voient pas les baleines dans le noir…

Dès que le souper est terminé, Isabelle et les enfants vont marcher sur la plage. L'air frais du soir, en cette fin de mai, écourte cependant leur promenade.

En retournant à la chambre, le petit groupe croise madame Kelleur. Elle porte un chapeau de paille à large bord et une veste orange indiquant qu'elle est bénévole.

— Vous ? bougonne-t-elle.

Elle ne semble pas contente de les rencontrer.

— Notre voisine ! Quelle coïncidence ! s'exclame joyeusement Isabelle.

— Avez-vous vu les baleines ? s'inquiète aussitôt Sam.

— Non, tranche madame Kelleur.

Alice pousse un soupir de soulagement.

Isabelle tente de poursuivre la conversation :

— Savez-vous ce que l'on annonce à la météo pour demain ?

— De la pluie… ça tombe bien, répond sèchement madame Kelleur.

Leur voisine se réfugie dans sa chambre, à deux portes de la leur.

— Si madame Kelleur tente d'aller retrouver les baleines pendant la nuit, comment allons-nous le savoir ? demande Alice.

Edgar suggère :

— On pourrait mettre des choses devant sa porte. Si elle sort, on va l'entendre.

Tandis qu'Isabelle est sous la douche, Sam se glisse hors de la chambre avec le seau à glace. Il le remplit de roches et le place au pas de la porte de madame Kelleur. Ça va faire du bruit ! Pour célébrer leur bonne idée, les enfants sautent un peu sur les lits…

La mère de Sam sort de la salle de bains en pyjama :

— Je peux me joindre à vous ? demande-t-elle.

Alice est couchée dans le grand lit avec Isabelle. Sam dort sur le divan-lit. Edgar est allongé à ses côtés. Il répète inlassablement : « Dernier souffle de baleine, premier... i... » Sam, l'oreiller sur la tête, n'en peut plus. Il grogne :

— Tais-toi !

— Quoi ? réplique Isabelle qui était sur le point de s'endormir.

— Pardon, je devais rêver, marmonne Sam en donnant un coup de coude à Edgar.

Bercés par le bruit des vagues, tous plongent ensuite dans le sommeil... à l'exception d'Edgar qui cherche encore sa formule...

LES COQUILLAGES

Quel seau contient le plus de coquillages ?

Chapitre 5

Les premiers rayons du soleil pointent derrière les rideaux. Edgar fait les cent pas au pied du divan-lit. Il a vérifié : madame Kelleur n'a pas bougé de sa chambre.

— Réveille-toi, réveille-toi, réveille-toi ! répète-t-il à Sam.

C'est Alice qui ouvre les yeux la première, mais elle ne peut pas voir Edgar. Elle se lève et brasse aussitôt Sam avec vigueur :

— Debout !

Edgar se secoue la tête. Cela fait dix minutes qu'il attend patiemment, lui, le réveil de son ami !

Dès que Sam est sur pied, il ne le lâche pas une seconde.

— Il faut allumer la télé et la radio pour écouter les nouvelles !

Sam a rarement vu Edgar aussi énervé. Il regarde sa mère. Elle est profondément endormie.

— Peut-être qu'on pourrait aller déjeuner sans elle ? propose Alice.

Sam chatouille la joue d'Isabelle. Elle ouvre un œil.

— Maman, on voudrait aller déjeuner. Après, on irait marcher sur la plage… Ça te laisserait le temps de te réveiller.

Isabelle aime bien la proposition.

— D'accord, mon grand, dit-elle.

Un buffet attend les enfants. Ils se servent des céréales et du jus.

— Est-ce qu'on a retrouvé d'autres baleines sur la plage ? demande Sam à la serveuse.

— Aucune idée, répond-elle.

Madame Kelleur entre dans le restaurant au même moment, en secouant un de ses souliers. Une roche en tombe.

— Crime poff! Attendez que j'attrape les crapauds qui m'ont joué ce tour-là, bougonne-t-elle.

Sam et Alice pouffent de rire.

Aussitôt leur déjeuner avalé, les enfants rejoignent le groupe de gens massés sur la grève.

— Deux baleines nagent dangereusement près du rivage, explique un naturaliste. Heureusement, il n'y a pas eu d'autre échouage cette nuit.

Alice porte son badge de journaliste. Elle demande :

— Est-ce qu'on sait ce qui les attire à terre ?

— Il n'y a que les baleines pour le savoir, si vous voulez mon avis, répond l'homme.

— Comment on va s'y prendre pour les empêcher de s'échouer ?

— Des pêcheurs sillonnent la côte pour leur barrer la route. Des bénévoles arpentent le rivage afin de renvoyer les baleines vers la mer si elles s'approchent trop. Hier après-midi, une bénévole en a presque laissé passer une.

Sam grogne :

— Je devine c'est qui !

Isabelle arrive avec un café à la main. Elle se renseigne sur les derniers événements.

— On va rester sur la plage, dit Sam.

Pendant ce temps, Edgar ne cesse de marmonner.

— Qu'est-ce que tu dis ? lui demande Sam.

— « Première feuille de radis, première dent de… » Je tente de me rappeler ce satané proverbe…

Madame Kelleur vient de se faufiler dans le groupe.

— Il va falloir la surveiller… avertit Sam.

Toute la matinée, ils suivent les allées et venues du globicéphale… et de leur voisine. Isabelle, de son côté, s'est installée sur la plage avec son livre.

Tranquillement, des nuages gris ont envahi le ciel bleu. Le vent s'est levé. Il fait de plus en plus frais.

— Une chance qu'on est bien habillés, dit Alice. Il va y avoir de la pluie.

Edgar s'écrie :

— Oui, c'est ça : pluie… De la pluie ! « Dernier souffle de baleine et première goutte de pluie ! »

Sam le répète à Alice, mais ils n'ont pas le temps de se réjouir. La voix aiguë de madame Kelleur retentit dans la foule.

— Il pleut ! Il pleut ! s'exclame-t-elle en tenant une fiole de verre dans les airs.

Edgar s'est figé sous l'effet de l'émotion. La bouche ouverte, il regarde les gouttes de pluie tomber dans le contenant transparent.

— Catastrophe ! crie Alice.

— Oh non ! Il lui manque juste le souffle de baleine, dit Sam.

LES EXPRESSIONS

Complète les expressions suivantes à l'aide des dessins.

Avoir la chair de…

Prendre son courage à deux…

Donner sa langue au…

Toucher du…

Avoir des… dans les jambes.

Être dans la…

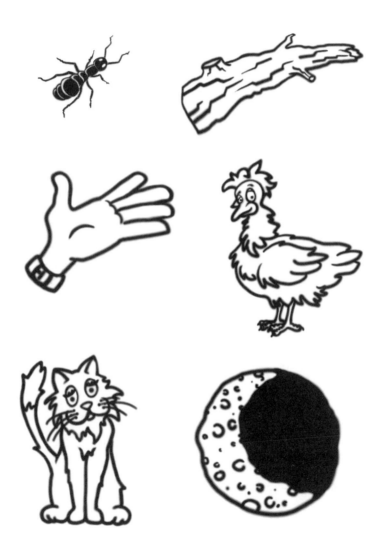

Chapitre 6

Tout au long du dîner, les enfants complotent pour déjouer madame Kelleur. Ils veulent s'emparer de sa fiole. Ils appellent leur voisine « le crabe », et la fiole, « le bâton » afin que la mère de Sam ne les comprenne pas.

— Et si on prenait le bâton pendant que le crabe ne regarde pas ? suggère Alice.

— Le crabe va tenir le bâton près de lui, j'en suis certain. On va se faire pincer.

Isabelle trouve leur discussion étrange.

— Et ton article pour le journal, Alice, ça avance ? demande-t-elle.

Alice mange son pain à hot-dog garni de homard. La bouche pleine, elle répond :

— Oui, oui…

Isabelle annonce avec enthousiasme :

— Quand vous aurez terminé, je vous paie une crème glacée !

— Pas faim pour une crème glacée, réplique Sam.

— Qu'aimeriez-vous faire, alors ? Visiter le centre d'interprétation du phoque, faire voler un cerf-volant, construire un château de sable ?

— Il faut retourner sur la plage, c'est une question de vie ou de mort, déclare Sam.

Isabelle est un peu surprise que les enfants soient aussi préoccupés par le sort des baleines. Elle dit :

— Bon… Je vais en profiter pour trouver des objets pour mes sculptures…

Isabelle ne comprend pas qu'il ne s'agit pas simplement de la vie d'une baleine. Si madame Kelleur reprend des forces, cela pourrait mettre la vie d'Edgar en danger. En danger de mort, même…

Sur la plage, c'est la cohue. Les deux baleines échouées les jours précédents doivent être amenées dans un laboratoire de recherche.

La pluie a cessé. Madame Kelleur observe la surface de la mer. Elle tient son chapeau de paille sur sa tête d'une main et ses jumelles de l'autre. Elle a posé son sac à ses pieds.

Les enfants s'approchent d'elle pour mettre leur plan à exécution. Sam détournera son attention pendant qu'Alice fouillera dans son sac pour récupérer la fiole. Facile !

Alors qu'ils sont à deux pas de leur voisine, Isabelle arrive en courant, un morceau de bois de marée à la main.

— Mes grands, mauvaise nouvelle !

Alice devient blanche comme du lait. Sam s'immobilise. Ils étaient si près du sac… Isabelle dit :

— Je viens d'apprendre que des marcheurs ont retrouvé une baleine près des falaises.

— Encore vivante ? demande Sam.

Leur voisine n'attend pas la réponse pour se mettre en route.

— Les gens tentent de la repousser à l'eau, explique Isabelle.

Déterminés à empêcher la vieille perruche de capter le souffle de la baleine, les enfants filent vers les falaises. En les apercevant, madame Kelleur presse le pas. Mais les enfants, plus rapides, la dépassent. Lorsqu'ils sont près de la baleine, ils s'arrêtent. Que faire maintenant ?

Edgar regarde madame Kelleur qui s'approche. Elle est essoufflée.

— On la fait trébucher ? propose-t-il. Tu pourrais la pousser, Sam !

Son ami hésite. Il réfléchit.

— J'ai une autre idée, dit-il.

Il se précipite vers un ambulancier. Il montre madame Kelleur du doigt.

— Monsieur, je crois que cette femme est malade !

Le jeune homme observe un instant madame Kelleur. C'est vrai qu'elle semble à bout de souffle. Il empoigne sa trousse de premiers soins. Alice interpelle à son tour l'ambulancier :

— Cette dame ne va pas bien. Elle est toute rouge et elle sue beaucoup…

— Je m'en occupe !

Sam, Edgar et Alice rigolent en voyant l'ambulancier attraper madame Kelleur par le bras. Elle se démène, mais le secouriste la dirige vers un banc sans lui donner le choix.

— Ça va aller, ça va aller, lui répète-t-il.

— Lâchez-moi ! lance madame Kelleur.

Elle foudroie Sam et Alice du regard. Les jeunes poursuivent leur chemin vers la plage en se tapant dans la main. Peu après, des cris de joie retentissent : le globicéphale est retourné à la mer. Edgar pousse un immense soupir de soulagement.

Alice s'assoit avec Sam sur un rocher. Edgar tourne en rond autour d'eux.

— Il faudrait trouver un moyen d'éloigner les baleines pour de bon, déclare Alice.

— Oui, loin d'ici… Tu as raison, admet Sam. On doit partir ce soir. Madame Kelleur, elle, peut rester aussi longtemps qu'elle le veut !

— Lorsqu'une baleine a atteint la plage, c'est presque trop tard ! commente Alice.

— Il faut les repousser à partir de l'eau, dit Sam.

— Mais il y a déjà plusieurs bateaux et ça ne fonctionne pas…

Après quelques secondes de réflexion, Sam s'écrie :

— Et si, au lieu de les bloquer physiquement, on les repoussait avec des sons ?

— Avec des sons ? répète Edgar. Je ne comprends pas.

— Suivez-moi ! lance Sam. Il nous faut un bateau !

— Punaise de punaise ! Pas sur l'eau ! se lamente le fantôme.

Les enfants s'approchent d'un bateau amarré à un petit quai.

— Bonjour, Monsieur le capitaine ! dit Alice avec un grand sourire.

L'homme à la grosse moustache en forme de palmier se retourne :

— Vous n'étiez pas sur la plage, vous deux, ce matin ?

Alice explique :

— Je suis journaliste et je dois écrire un article sur les baleines.

Le capitaine examine le badge de la fillette. Elle ne ment pas !

Sam intervient :

— En fait, ce que nous voulons vraiment, Monsieur, c'est sauver les baleines.

Le capitaine dévisage le jeune garçon.

— Comme tout le monde !

— Nous avons un plan.

Sam lui présente son idée.

— Pas bête, confirme le capitaine. Embarquez !

RÉBUS

Déchiffre le rébus suivant.

Chapitre 7

Les enfants montent à bord du *Compagnon*, le bateau du capitaine Anselme. Isabelle a donné son accord, à condition que les enfants portent leur veste de sauvetage et soient de retour à 16 heures.

Edgar est terrorisé. Il n'aime pas plus les bateaux que les avions !

Sur l'eau, un autre bateau, le *Malfaisant*, vient leur couper le passage. Debout dans l'embarcation, madame Kelleur leur crie :

— Je ne sais pas ce que vous manigancez, bande de crapauds, mais vous ne m'empêcherez pas d'atteindre mon but...

— C'est qui, elle ? demande le capitaine Anselme.

— Euh… notre voisine, avoue Sam. Elle ne nous aime pas beaucoup…

— Elle est méchante, ajoute Alice.

— En tout cas, elle s'est trouvé un capitaine à sa mesure. Il est détestable !

Une baleine apparaît à la surface de l'eau. Le bateau de madame Kelleur se met à la pourchasser.

— On jurerait qu'ils lui veulent du mal ! gronde le capitaine Anselme.

— C'est le temps de mettre notre plan à exécution, Monsieur le capitaine !

— La radio est à toi, mon garçon. Explique ça aux autres ! répond-il en souriant.

Sam s'empare de l'émetteur. Il appuie sur le bouton.

— Attention à tous les bateaux. Ici Samuel Chicotte, sur le *Compagnon*. Nous voulons essayer de repousser les baleines vers le large, de les éloigner avec du bruit. Il faut faire le plus de bruit possible, dans l'eau, tout le monde en même temps.

— C'est une idée stupide ! réplique une voix.

— C'est le *Malfaisant* ! Ne t'inquiète pas, le réconforte le capitaine Anselme.

D'autres personnes partagent leur opinion :

— Ici le *Nadine II*, ça vaut la peine d'essayer.

— Ici le *Mademoiselle*, les chercheurs sur notre bateau sont d'accord. Ils suggèrent d'utiliser les hautes fréquences.

Bientôt, les chercheurs placent leurs émetteurs dans l'eau. Les bénévoles sur les bateaux se mettent à tambouriner sur les coques avec leurs mains. Les capitaines actionnent leurs cornes de brume. Le son résonne jusqu'au fond de la mer.

— Sauvons les baleines ! crie Alice.

— Sauvons Edgar ! dit Edgar en esquissant un sourire d'espoir.

— Sauvons les baleines… et mon meilleur ami ! conclut Sam.

Au loin, Sam aperçoit soudain un groupe de globicéphales noirs jouant dans les vagues.

Au même moment, un chercheur annonce sur les ondes radio :

— Un groupe de baleines est arrivé. Il y en a une vingtaine.

— Vous les avez attirées, rigole madame Kelleur à la radio.

— Oh non ! Ne me dites pas qu'elles viennent s'échouer, elles aussi ! gémit Edgar.

Tout au long des manœuvres, Alice a suivi des yeux le déplacement de la baleine traquée par le *Malfaisant*. Elle s'écrie :

— Non, attendez ! Regardez la baleine !

Sam saute à pieds joints sur le pont du bateau en criant :

— Elle s'éloigne !

Le capitaine Anselme annonce :

— Elle rejoint le groupe, on dirait.

Alice, les jumelles vissées aux yeux, le confirme :

— Oui ! Et d'autres aussi. Toutes les baleines nagent vers le large.

— On a réussi ! hurle Sam.

Sur le *Malfaisant*, madame Kelleur piétine rageusement son chapeau.

Les enfants chantent et dansent sur le pont du bateau. Heureusement, ils portent leurs vestes de sauvetage. Anselme les observe en riant.

— Si vous continuez de danser comme ça, vous allez tomber à l'eau...

Sans l'écouter, les enfants poursuivent de plus belle :

— Sur le pont du *Compagnon*, on y danse, on y danse !

L'OMBRE DU GLOBICÉPHALE

Une seule de ces ombres correspond
au globicéphale noir. Laquelle ?

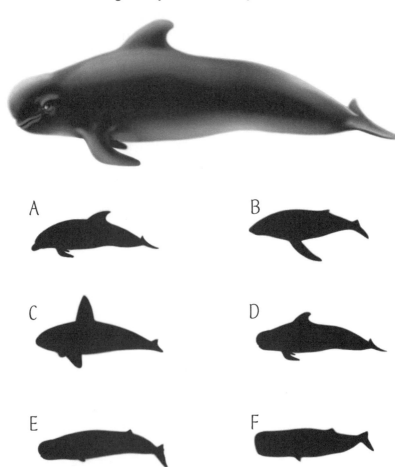

A

B

C

D

E

F

J'avais peur que les autres trouvent mon idée stupide. Je suis content d'avoir eu le courage de la proposer.

Chapitre 8

La mère de Sam arpente le quai. Elle attend le retour du *Compagnon* avec impatience. Le capitaine Anselme lui lance les amarres. Isabelle les attrape. Elle donne la main aux enfants pour les aider à débarquer.

— Un peu plus et vous manquiez le départ de l'avion, mes grands.

Mais Sam n'écoute pas vraiment. Il s'exclame :

— Maman, on a sauvé les baleines !

Alice explique l'idée géniale de son ami.

— Je suis fière de toi, mon trésor ! lance Isabelle. Attends que je raconte ça à ton père !

Edgar est content de se retrouver sur la terre ferme.

— Regardez ce beau rayon de soleil qui traverse le nuage, dit le capitaine Anselme. Aux Îles, on appelle ça un « pied de vent ».

— Pourquoi un pied de vent ? demande Isabelle.

— Parce que ça annonce un coup de vent… explique le pêcheur. On a même donné ce nom à un fromage.

Une heure plus tard, alors qu'ils arrivent à l'aéroport en taxi, ils aperçoivent madame Kelleur. Elle traîne sa valise. Isabelle est étonnée :

— Madame Kelleur ! Je croyais que vous seriez ici plusieurs jours… Il faudra que vous me racontiez vos petites vacances.

Leur voisine grommelle :

— Je n'ai plus rien à faire ici.

Son chapeau de paille déformé a l'air d'une crêpe sur sa tête. Soudain, un coup de vent l'emporte. Madame Kelleur ne réussit pas à le rattraper. Elle enrage de plus belle.

— Pas de chance, il vente tellement aux Îles ! rigole Alice.

— Le capitaine avait raison pour le pied de vent, renchérit Sam.

Edgar sourit.

— Arhh ! rage madame Kelleur en s'éloignant.

— Elle n'a vraiment pas l'air de bonne humeur ! constate Isabelle. Pourtant, c'est si beau, ici ! Le sable blanc, les falaises rouges, les maisons colorées…

Sam se sent une grosse faim. Il demande :

— Tu crois qu'on pourrait manger une bonne crème glacée en attendant le décollage ?

Durant tout le vol, les enfants se remémorent leurs aventures. Edgar a ramassé du sable des Îles. Isabelle rapporte une meule de fromage pour François. Elle a aussi trouvé beaucoup de coquillages et de bois de marée pour ses sculptures. Elle demande :

— Et ton expérience de journaliste, Alice ?

— Une chance que ça s'est bien terminé, explique la jeune fille. C'est plus agréable d'écrire de bonnes nouvelles !

— Et toi, Sam, qu'est-ce que tu retiens de ton aventure aux Îles ? l'interroge sa mère.

— Moi, je suis juste content d'avoir sauvé Ed... euh, les baleines !

Edgar, même s'il est en avion, rayonne de joie.

Tu veux connaître les solutions des jeux ?
Alors, tourne la page !

SOLUTION DES JEUX

LES DIFFÉRENCES
Pages 14-15 :

L'AÉROPORT
Page 24 : L'aéroport se trouve sur l'île du Havre-aux-Maisons.

LA VALISE D'ALICE

Page 32 : L'imperméable.

LES COQUILLAGES

Page 40 : Le seau de Sam.

LES EXPRESSIONS

Pages 48-49 : • Avoir la chair de poule.
• Prendre son courage à deux mains.
• Donner sa langue au chat.
• Toucher du bois.
• Avoir des fourmis dans les jambes.
• Être dans la lune.

RÉBUS

Page 58 : Il y a beaucoup d'étoiles de mer aux Îles-de-la-Madeleine.

L'OMBRE DU GLOBICÉPHALE

Page 66 : L'ombre D.

La potion du Grand Nord

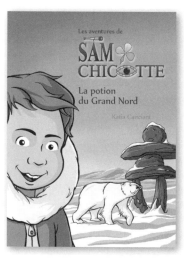

Alice est victime d'un mauvais coup de madame Kelleur. Après avoir bu une boisson fabriquée par l'horrible voisine, elle a vu son corps se couvrir de boutons. Si Sam et Edgar ne trouvent pas une façon de soigner leur amie, elle ne pourra pas tenir son rôle dans la pièce de théâtre de l'école. Le problème, c'est que la seule personne capable de guérir Alice habite Tasiujaq, dans le Grand Nord. Les garçons réussiront-ils à se rendre jusque-là ?

Le talisman du Mexique

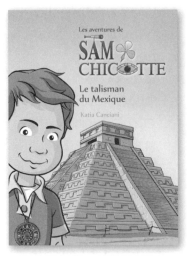

Sam n'arrive plus à voir les pieds de son ami Edgar. Pire, le petit fantôme s'efface davantage d'heure en heure. Seul le talisman de tante Chicotte pourrait redonner à Sam la vue magique. Le problème, c'est que le talisman a perdu son pouvoir. Il doit être rechargé en haut d'une pyramide maya, le jour de l'équinoxe de printemps. Sam y parviendra-t-il avant qu'Edgar ait complètement disparu ?

Parution début 2012

Le trèfle d'Irlande

Les Chicotte habitent leur nouvelle maison depuis un an. Pour célébrer l'événement, madame Kelleur les invite tous en Irlande. Edgar et Alice les accompagnent. Les trois amis se doutent bien qu'il y a un piège. Mais ils sont loin d'imaginer que le petit fantôme deviendra la cible d'un jeu mortel dans l'immense château de Dublin. Sam et Alice parviendront-ils à sauver Edgar de toute une bande de méchants sorciers?

Parution début 2012